KB001564

장미를 사랑하고 있어요

장미를 사랑하고 있어요

이근택 시집

문학들

시인의 말

언제나 남들의 뒤만 따라다니며 살아왔지만, 어눌하고 느린 말로라도 제 이야기를 하고 싶었습니다. 눈 덮인 산속이거나 해가 지는 붉은 바닷가를 걷다가 문득 발각된 비밀처럼 저의 삶이 아파올 때, 몸을 관통하여 지나가는 시간의 냉기를 느낄 때, 저는 시를 쓰고 싶었습니다.

저는 먼 훗날 강가에 흩날리는 잿빛 먼지처럼 사라질 것이므로 휘황한 도시, 번화한 거리의 인파 속에서 반짝이며 휩쓸리며 그러면서도 더욱 반짝이는 오늘을 발견하였을 때, 이승과 저승을 오가는 세상의 모든 외로운 나와 너에 대한 사랑으로 충만한 오늘의 저를 보았을 때, 저는 시를 쓰고 싶었습니다.

이제 부끄럽지만 용기를 내어 제 이야기를 꺼내볼까 합니다. 시집이 나오기까지 고생해 주신 많은 분들에게 감사의 마음을 전합니다.

2019년 8월

이근택

차례

제2부

제3부

제1부

고요

나는 이미 오래전에 혼자만의 강가에 닿은 적이 있다. 키 큰 미루나무나 깃털 검은 물새를 보지는 못하였지만

마른 바람만을 움켜쥔 단풍잎 무리가 발아래로 몰려다니며 질러 대는 사르륵사르륵하는 소리를 들은 적이 있다.

나는 어둠을 향해 시드는 볕처럼 어떤 때는 헐벗은 배롱나무 아래 차가운 의자에 앉아 작고 거대한 침묵의 소리를 들은 적이 있다.

그때 나는 보았다. 새소리 날아간 지 오랜 장미 가지 끝. 잎 진 자리에서 빛나던 붉은빛 황홀한 절망.

거짓말탐지기

　그녀에게 사랑을 고백했지만 거절당했지. 서울경찰청 거짓말탐지기 담당자, 그녀와 나는 직장 동료야. 모르긴 몰라도, 그녀는 아마 내 고백이 거짓말인지 참말인지가 더 궁금했을 거야.

　나는 그날 저녁, 혼자 자취방에 있기 싫어서 사무실에 남아 있었네. 창가에 서서 장미를 보며 쓸쓸함을 달래고 있었지. 나는 창 너머 들어온 장미 잎을 따서 먹었지. 장미의 향을 입안에 느끼며 혀끝에 와 닿는 쌉싸름한 맛을 즐기고 있었어.

　그러다가 문득 거짓말탐지기의 음극과 양극의 패드를 장미 잎에다 붙였지. 그냥 한 거야. 나도 몰라. 너무 외로 워서였다고 해 두지 뭐. 그런데 말이야. 놀랍게도 탐지기 용지에 그래프가 그려졌어. 꽃잎을 하나 더 뜯어먹었지. 그래프 진폭이 커졌어. 장미가 아픔을 느끼고 있었던 거야. 기적과도 같은 발견에 나는 거절당한 사랑도 잊어 버렸어. 꽃을 사랑하는 사람처럼 쓰다듬었지. 그러자 이번에는 그래프의 진폭이 잦아들더군. 나는 장미에게 가까이 가서 다정하게 사랑해, 라고 말했어. 그랬더니 세상에, 믿을 수 없는 일이 벌어졌어. 탐지기 그래프가 열심히 움직이더니 오예, 하트 모양을 그린 거야. 엄청난 일이었지.

　나는 밖으로 뛰쳐나갔어. 그러고는 야근하는 동료들에게 흥분된 어조로 나의 발견을 설명했어. 당연히 믿지 않았지만 나의 태도가 너무 진지하니까 혹시나 하고 나를 따라오더군. 난 장미와 나의 사랑을 보여 줬지. 모두들 탄성을 지르며 함께 기뻐했어. 나의 사랑을 거절했던 그 여자도 박수를 치다가 갑자기 나를 껴안더니 사랑한다고 하는 거야. 정말 대단한 상황이야. 이런 일이 벌어지다니.

　하지만 나는 천천히 그녀의 팔을 떼어 내며 말했어. 죄송해요. 저는 이미 장미를 사랑하고 있어요. 늦었어요.

비 온 날 영화 보기

알라딘을 볼 걸 그랬어요. 기생충 어때요. 뭘? 평점 몇점? 3점. 정말? 3.5점. 재미있었어. 감동은 없지만. 그렇죠. 우린 따뜻하고 낭만적인 영화를 봤어야 했어요. 알라딘이 딱 좋은데.

비 온 뒤의 거리는 오랜만에 공기가 맑네요. 사람들도 깨끗해 보여요. 우리는 아주 천천히 걸으며 머리카락을 제멋대로 날리는 바람에 맞서고 있었다. 바람 따라 고개를 여러 각도로 젖히며 또 그런 우스꽝스런 모습의 서로를 향해 웃었다. 아주 느린 동작으로 도심의 풀밭 길을 걷기도 하고 아스팔트의 빗물 위를 뛰어 건넜다.

우주의 공간에 온 것 같아. 잠이 오는군요. 아냐. 진짜 우주 공간에 온 거야. 팔을 이렇게 뻗어 봐. 나처럼 천천히. 푸른색 진공의 세계를 우리는 떠다니고 있는 거야. 이렇게요? 우습네요. 남들이 웃어요. 봐 봐, 저기 저 빌딩처럼 서 있는 우주선을 봐. 지난밤 우리가 타고 왔던 반짝이는 우주선이야. 녹색 풀장과 흐느적거리는 재즈 음악, 수많은 별들과 함께 시원한 맥주를 마시던, 늘 꿈꾸었던 지구 밖의 세상.

16

지구에는 그동안 비가 많이 왔었나 봐요. 그래, 우리는 이제 잠이 오는군. 알라딘을 봤어야 했는데. 그래도 여기는 아직 우리의 공간이야. 그렇지? 우리는 함께 있을 시간이 아직 많이 남아 있으므로 서로의 무거워진 눈꺼풀을 더욱 사랑하기로 하였다.

붕

비가 많이 와서 개울물이 세차게 흘렀네. 산골짜기 시내마다 새 물이 흐르고 바위 아래로 떨어지는 물줄기는 하얗게 부서져 멋진 풍경을 이루고 있었어.

나는 사진을 찍으려고 핸드폰을 치켜들고 물가로 갔다네. 어디서 찍어야 더 잘 나올까 자리를 옮겨 다니는데, 나처럼 물줄기 사진을 찍으려는 사람이 또 있어서 거치적거렸지. 그와 나의 팔이 부딪히고 서로 죄송하다고 인사하려는 순간, 나는 발이 미끄러져서 물속에 빠지고 말았어.

순식간에 일어난 일이었지. 그는 어어, 어쩌고 비명 같은 소리를 지르더니 마치 물 위로 뛰어오른 연어를 찍듯이 나의 사진을 찍는 거야. 뭐야, 너. 내가 뭐라고 외쳤지만 시끄러운 물소리에 나의 목소리는 묻히고 나의 몸도 물살을 따라 흘렀어.

그런데 어쩐 일인가. 놀랍게도 나는 날렵하고 익숙한 몸짓으로 물속에서 물살을 타고 흘러내리고 있지 않는가. 그렇다네. 나는 붉은 아가미와 꼬리와 지느러미를 가진 물고기였네. 강 하류로 갈수록 누런 흙탕물이 도도히 흐르고 나는 점점 더 큰 몸집의 물고기로 변하고 있었네.

마침내 바다에 도착했을 때 나는 검은 수염이 아름다운 고래였다네. 세상에서 가장 큰 동물. 나는 바다 위로 거친 물줄기를 뿜어내며 힘차게 헤엄쳤다네. 알겠는가.

　하지만 여기서 끝나지 않네. 나는 그 큰 고래를 잡아먹는 곤이라는 물고기가 되었네. 새가 되어서 하늘을 날면 날갯짓 한 번에 구만 리 회오리바람이 인다는 그 새, 붕새 말일세.

던져 버린 구두 굽

전대병원을 지나 서석동 골목길을 걷고 있었어. 시간은 새벽을 지나고 몸은 만취를 지나가는 중이야. 비틀거리며 어둠을 헤치며 헤엄을 치고 있었지. 출렁거리는 세상에서는 별수 없지.

터벅거리며 걷다 보니 뭔가 발에 걸리더군. 검은색의 물체, 구두 굽이었어. 어떤 바보가 구두 굽을 떨어뜨리고 갔구나. 정신없는 놈! 발로 톡톡 차며 구두 굽의 주인을 비웃었지. 그러다가 아무 생각 없이 그 구두 굽을 들고 가까운 집 담장 위로 던져 버렸지. 그냥, 별 의미 없는 행동이었어.

그런데 말이야, 재수 없게 쨍그랑 하고 질그릇 깨지는 소리가 나는 거야. 뭐야! 누구야! 담장 너머에서 들려오는 고함 소리에 달리기 시작했지. 이 시간에 잠도 안 자고 있네. 아이고, 힘들어. 혓바닥에 백태가 끼도록 뛰어 겨우 집 가까이 왔는데 발에 느껴지는 감각이 다르더군. 균형이 잡히지 않는 거야. 이게 뭐지? 이럴 수가, 왼쪽 구두 굽이 없었어. 절뚝거리며 걷고 뛰었는데 몰랐던 거야. 나는 절뚝거렸어.

그런데 말이야. 더 큰일은 낮에 일어났다네. 구둣방에서 새 굽을 붙여 신고 나니 굽이 없을 때보다 더 절뚝거리는 거야. 열심히 새 굽에 적응하려고 했는데 어찌된 일인지 굽을 떼어 내고 걸어야 더 편한 거야. 첨엔 좀 창피했지. 하지만 뭐 어때 나 편하면 됐지.

이 시를 읽은 사람들, 나를 보거든 내 구두 굽일랑은 제발 자세히 보지 마!

저수지 도깨비

시집 간 여동생은 굶어 죽었더란다. 밥이 안 넘어가 술만 마시다가 사흘을 보내고, 시신을 염해서 관에 모셔야 하는데 나서는 사람이 아무도 없더란다. 오빠니까 내가 모셔야지 불쌍한 것, 담 세상에서는 부잣집에 태어나라.

어머니는 담담하게 말씀하셨다. 너도 명심해라. 죽은 사람 관에다 모시는 거 함부로 하는 거 아니다. 그것 땜에 너희 외할아버지도 그렇게 되었다. 장례를 마치고 집으로 오는 길에 저수지가 있었는데 거기서 그냥. 밤에 저수지를 지나갈 때는 도깨비를 조심해야 된다. 도깨비랑 씨름하다가 도깨비불을 따라서 물속으로 들어가면 끝이다. 그때 어머니는 외할머니의 배 속에 있었더란다. 외할아버지는 농악을 하면 상쇠를 도맡아 했고 어지간한 소리는 소리꾼보다 잘했다. 놀기 좋아하고 사람도 무던하여 친구가 많았다.

나는 어머니랑 같이 저수지를 찾아갔지만 저수지는 과수원으로 변해 배꽃이 화사하였다. 도깨비들도 모두 다른 저수지로 가 버렸는지 외할아버지의 안부조차 물을 수 없었다. 여기가 맞을 건데, 여기가 틀림없는데. 집으로 돌아오는 길에 어머니는 자꾸만 뒤를 돌아보았다.

　어머니 담에 와서 또 찾아보게요. 그랬지만 다시 오지
는 못할 것 같았다.

노인들의 제삿날

노인들이 집에 들어설 때마다 제삿날 모인 사람들이 모두 일어나 인사를 했다. 망자를 기리는 향 연기 따라 깊어가는 밤, 몸은 예전 같지 않아 술잔도 쉬 비워지지 않는 겨울밤이었다. 노인들은 만주 봉천이며 블라디보스토크며 두만강 이야기와 함께 일제강점기를 살았던 망자의 이야기를 했다. 그들의 생애에 가장 큰 사건이었던 6·25전쟁 이야기도 했다.

해방이 되고 잘 살 줄 알았는데 참말로 끔찍했지. 인민군들 세상도 참 대단했어. 국방군도 사람 많이 죽였지. 인자 그런 이야기 그만해. 국방군이었던 노인이 뭐라고 동생들을 나무라며 쿵쿵거렸다. 그는 그 자리에서 유일한 참전용사였으므로 발언권이 셌다.

그 자리에는 빨치산이었던 노인도 한 분 있었다. 지리산에서 풀뿌리만 씹어 먹다가 이가 다 빠졌다고 했다. 그는 산에서 내려온 후 평생을 술로 살았다.

형님! 왜? 어느 날인가. 꿈속에서처럼 그는 국방군을 불렀지만 이내 입을 다물었다. 아니요. 그냥. 그때, 토벌대였던 형님을 보았어요. 계곡에 숨어서 형님, 그때, 반

가웠어요. 형님을 쏠 수는 없었구면요. 몇십 년이 지났지
만 그는 아직 그 말을 못했다. 아마 죽을 때까지 못할지도
모른다, 그는.

유리 공장

우주전구 유리 공장 여자애들은 담배 피는 남자애들을 믿지 않았다. 용광로에 끓는 벌건 유리 액의 메케한 냄새를 견디지 못하고 남자애들은 곧잘 담배를 피웠다. 입술을 동그랗게 말아 담배 연기로 도넛을 만들어 날리는 기술들을 뽐내며 앞니 사이로 침을 길게 내뱉는 괴상하면서도 나름 멋진 모습을 연출하기도 하면서 여자애들의 관심을 끌려고 했다.

하지만 여자애들은 그런 모습을 냉정하게 지켜봤다. 용광로에 긴 막대를 넣어서 유리 액을 묻히고 주물 틀에 가져가서 입으로 숨을 길게 뱉으며 막대를 살살 돌리는 힘든 작업을. 동그란 전구 알이 만들어져 합격 사인을 받기까지의 섬세한 과정을. 그 긴 호흡을 견디지 못하고 어느 날 갑자기 사라져 버리는 담배 피는 남자애들을 지켜봤다.

유리 액에 구멍이 뽕뽕 뚫린 긴 나팔바지를 입고 속없이 시시덕거리며 공장 안을 쓸고 다녔지만 여자애들은 야무지게 남자를 골랐다. 앞니 사이로 침을 멀리 뱉는 남자애에게 박수를 치기는 했지만 박수는 박수일 뿐이었다.

저 전남여고 담장 옆 하천을 따라서 대인시장으로 가다

보면 오른쪽으로 계림오거리가 있고 더 가서 중국학교를 지나 산수동 충장중 아래 세상의 깨진 유리로 된 것들은 다 모아서 쌓아 올린 유리 산이 있던 곳.

그 옆에 우주전구 유리 공장의, 화장을 하지 않아도 예쁜 우리 누나들, 지금은 어딜 갔는지. 팔자들 펴서 전구알처럼 환한지. 앞니 사이가 벌어진 그 사내 따라가더니 돌아오기나 했는지. 아직도 홀로 눈물짓는지. 울다 보면 코끝이 빨갰던 열여덟 우리 누나.

화염병 제조 기술자

몇 명의 중년 남자들이 술집에서 6월항쟁 이야기를 했다. 최루탄 정말 지독했지. 지랄탄이라고 말이야. 알지. 땅 위로 뱀장어처럼 기어 다니면서 가스를 뿜어 대는 거. 그거 대단했지. 그때. 내 친구는 최루탄을 정통으로 맞아서 앞니가 다 깨졌어.

학생들도 만만치 않았어. 화염병부대, 불꽃중대를 잊을 수 없지. 그래, 우리 학교도 화염병부대가 꽃이었어. 화염병 심지는 여섯 가닥이야. 교묘하게 잘 넣어야 되지. 병 속에 뱀처럼 똬리를 틀어넣는 거야. 심지는 이불솜이 최고야. 오래된 이불솜.

그리고 시너와 휘발유는 반반씩 섞어야 돼. 시너는 불꽃이 멀리 퍼지게 하고 휘발유는 불꽃이 위로 올라오게 하지. 둘이 적당히 배합되어야 진짜야. 아, 그 아스팔트 위에 퍼지는 화염병 불꽃!

그때였다. 말없이 술만 마시던 친구가 묵직하고 낮은 목소리로 이렇게 말했어. 화염병은 말이야, 날씨가 중요해. 그날 아스팔트를 손으로 만져 보는 거야. 뜨거우면 시너를 더 넣고 차가우면 휘발유를 더 넣어야 돼. 난 화염병에 관한 한 박사논문도 쓸 수 있어. 여기 봐. 이 팔의 화상 자국, 이게 진정한 불꽃중대 대원의 팔이야.

　아무도 그의 말에 대꾸하지 않고 술만 마셨다. 모두들 알고 있었지만, 잊을 것은 잊어야 하지 않겠는가. 그는 6월항쟁 때 가장 힘들게 산 사람이었다. 그의 종아리와 팔의 화상은 화염병 때문이었다. 데모진압부대 전투경찰이었던 그는 병원에 입원해서도 친구들에게 알리지 않았다.

가오리연

저요? 가오리연이나 되려고요. 양어깨에 나뭇잎처럼 팔랑거리는 날개를 달고 날겠어요. 심해를 가르듯 우아하게 유영하는 긴 꼬리 연 아시죠? 저를 가오리연으로 만들어 주세요. 제 가슴에는 구멍일랑 내지 마세요. 저는 방패연이 아니니까요.

어느 바람 많은 날이 오면 하늘 높이 날려 주세요. 연실을 풀어 주세요. 고꾸라지고 곤두박질쳐도 괜찮아요. 바람 불어 가슴팍을 쳐대면 더욱 솟구쳐 오르겠어요. 괜찮아요. 당기고 또 풀어 주세요. 저의 가슴이 벅차게 해 주세요. 아주 높이 날겠어요. 두렵지 않아요. 힘껏 줄을 당겨 주세요. 언제나 그대를 향해 있겠어요. 두렵지 않아요. 더 높이 더 멀리 날겠어요. 그대의 연줄이 허용한 높이만큼요. 괜찮아요.

하지만 잊지 말아요. 연줄을 꼭 잡아야 해요. 너무 높이 가려고 하면 잡아당겨야 해요. 아시죠? 연은 연일뿐이니까요. 멈춰! 라고 말해야 해요. 되감아야 해요. 해가 지면 실타래와 접힌 꼬리를 안고 돌아가야 해요.

비 오는 날

즐거운 주말 보내시길. 그대가 원한다면 그렇게 할게. 하지만 비가 와서 저녁 운동조차 할 수 없군. 그 시간을 사랑하였는데. 오늘 밤은 술을 마실 뿐. 너무 늦게까지 마시지 말기를.

개구리 우는 소리가 들리는군. 숲과 들에 인간의 집들이 세워지고 개구리의 영토는 조금밖에 남지 않았어. 전에는 개구리들이 교대로 울어 대서 밤새도록 시끄러웠는데. 이젠 교대로 울어 줄 개구리가 없어. 개구리 소리가 들리지 않을 때에는 함께 쓸쓸해지지. 빗소리 더욱 세차게 창을 때리는데, 그대 가슴의 어느 한쪽에도 비가 오는지. 몇천 번의 생을 더 살아야 함께 있을 수 있는지.

술에 취하면 이런 상상을 하네. 개구리의 배를 살살 만지는 거야. 그러면 개구리들은 잠이 들지. 처음에는 날름거리는 뱀의 혀인 줄 알고 죽은 체하는 거라네. 그러다가 어느 순간 잠이 들어. 겨울잠 자는 땅속에서처럼. 이별이 이젠 익숙해. 나도 개구리가 될게. 내 배를 만져 줘.

그대가 원한다면 그렇게 할게. 비가 오는군.

장미나라의 영화

장미가 또다시 아름다운 꽃을 피웠다. 나는 장미의 붉은 입술이 너무 황홀하여 생각나는 영화 속 아무런 이야기나 마구 해 댔다. 장미는 아름답게 반짝이는 립스틱을 바르며 야릇한 표정으로 나의 이야기를 들었다.

남자는 4년간 무인도에 사느라고 몸이 날렵하다. 여자는 4년 전에 남자의 장례를 치르고 치과의사와 결혼했다. 남자가 말한다. 아이들 더 낳을 거야? 글쎄. 더 낳아. 나도 낳을 거야. 응, 이제 집에 갈 거야. 그래. 차 뒤에서 짐을 빼야지. 여자는 아이용 보조 의자를 빼 자기 차에 싣고 남자도 남은 짐을 옮긴다. 남자는 검은 지프차를 타고 차고 밖으로 나간다.

검은 비가 내린다. 사거리에서 서서히 멀어지는 차를 보며 점점 표정이 달라지는 여자. 천천히 비틀거리듯 앞으로 걷는다. 흰 옷이 비에 젖는다. 갑자기 뛰면서 남자를 부른다. 남자의 차가 다가온다. 순식간에. 빗속에서 두 사람은 다시 키스한다. 사랑해. 나도, 이 세상 누구보다도 더.

장미가 말했다. 나도 알아요. 캐스트 어웨이죠? 응, 그래, 그 뒤에는 남자가… 됐어요. 그만하세요. 장미의 나라에서는 여기에서 영화가 끝나요. 사람들은 진짜 소중한게 뭔지 몰라요.

제2부

사랑

붉은

철쭉은 알고 있을까요

제 몸 속에 흐르는 붉은

내일이나 모레쯤 비가 와 준다면

오로지 붉은

하나만으로 서서 기다리겠어요

맑은 물방울들로 반짝이는 붉은

어쩌려고 이렇게 붉은

겨울 산행

은빛 여우가 울고 간다는 골짝을 오른다
함박눈들 흩어져 눈보라로 바뀌고
뺨이며 눈두덩에 박히는 눈발
둥글게 휘어진 침엽수의 가지와
반나마 파묻힌 억새 사이로
눈이 부시도록 밝은 눈
눈으로 볼 수 없는 눈 속의 정상
질주하는 산짐승처럼 거친 숨결로
자빠질 듯 어지러이 발을 옮긴다
여우를 볼 수 있을까
점점이 내딛는 걸음마다 처녀지의 눈밭이
비명처럼 뽀드득거리는 산행
귓가를 스쳐 바람보다 더 빨리 내닫는
시간을 보지 못한다 가슴 큰 새들 떨어져
퍼덕거리는 잿빛 날개를 보지 못한다
그냥 돌아갈까
삐유삐유 삐삐삐 콩콩콩
마른 덤불숲 오가던 콩새 소리마저

끊기고 돌아보면 제 꿈에 겨워
허방만 짚어 온 발자국들
저리 가라고 내쳐도
한사코 따라오는 황홀한 아픈 상처가
산 아래 고단한 삶과 이어졌구나
여우의 울음소리 들을 수 있을까
몽그린 만큼 길고 외로운 이 산행에
동행은 늘 더 빠르거나
더 느려 함께 가는 것 같지 않고
오를수록 가파르기만 한 정상의 길엔
눈 더미로 내려앉은 하늘
그 끝을 이어 은빛 여우, 네 울음으로
밤새 잠들지 못한 것들이 빚어 놓았다는
눈꽃들의 성을 볼 수 있을까

가을비

비가 차다. 숲속 활엽수 잎들을 후려치는 빗발들. 뺨이라도 맞은 듯 소스라치며 나는 발걸음을 재촉한다. 어느 순간 하늘 깊숙이 솟구쳐 사라지는 검은 새. 어둠은 악령처럼 지상으로 내려오리라. 젖은 낙엽으로 질척이는 숲속에서 나는 외친다.

죽음이여. 부끄럽구나, 지나온 생이여. 다시 돌아갈 수는 없다. 나는 처절하다, 찢어져 구멍 난 낙엽처럼. 나의 생은 비릿하다. 지나온 생의 모퉁이에서 나는 욕망과 절망으로 몸을 불태우거나 분노와 슬픔으로 부들부들 떨기도 하였다. 이제 막막하다.

그렇다. 어쩌겠는가. 누구라도 이토록 고통스럽지 않겠는가. 순식간에 젖어 어두운 하늘 빗발은 뜻밖의 불행처럼 나를 덮친다. 죽음 뒤의 먹이를 위해 갈참나무 열매를 나르는 청설모처럼 나는 바쁘게 걷는다. 이제 얼마 남지 않았다, 나의 길.

부끄럽다. 젊은 날은 무모하고 끈질겼다. 남을 위해 살겠노라 외쳤으나 스스로의 욕망을 위하여 더 많이 살아버렸다. 이제 흙으로 돌아갈 낙엽이여, 돌이킬 수 없다. 지나는 자들이 너를 짓밟으리라. 나뭇잎 사이를 내닫는 빗소리여, 검은 그림자여, 재촉하는 시간, 아직 저녁은 오지 않았다.

장대높이뛰기

높이
뛰어올랐다가 떨어진다.

누구든 피할 수 없다.
최후의 실패를 위하여

그만둬야 할 그 순간까지.
실패만이 모든 것.

다시 장대를
들어야 한다
힘차게
휘어잡아
당겨 밀어 휘어 튕겨져

더 높은 곳의 바람
더 높은 곳의 하늘
더 높은 곳의 높이

더 높은 곳의 죽음만이 고결한 삶이다.
최후의 실패, 그 높이를 위하여,

흔적에 관하여

흔들린다 언제나
생은 차고 넘쳐 채워지지 않아
채우지 않으면 채울 수 없다

흔들린다
가느다란 개모시풀

위에서
씨앗을 쪼는
24g
멋쟁이새

파닥이는 날개
가볍지 않은 생

아주 작고 큰 볕 한 줌 왔다 가리라
비우지 않으면 비울 수 없다
비우지 않으면 채울 수 없다

44

고양이

풀밭에 흰 깃털들이 널려 있다.
고양이가 또 새를 잡아먹었나 보다.

새들은 자꾸 고양이가 된다.
그때마다
고양이는 새처럼 나는 꿈을 꾼다.

달이 꽉 차,
외로움을 견딜 수 없는 밤이면
고양이는 바람처럼 공중으로 뛰어오른다.
날개를 펼치려는 듯 다리를 펴기도 한다.

새를 잡아먹어야만 하는 목숨이 서러워
날이 새도록 운 적도 있다.

고양이는 제 털이 점점 하얘진다고 생각한다.

은반 위의 시간

슬픈 음악에 맞춰 춤을 추네.
나는 점프 기회를 놓쳐 버린 피겨 선수.
아무렇지 않은 듯 웃네.
관중들의 탄성, 차가운 빙판,
스케이트 날에 부서지는 얼음 소리,
음악이 끝나는 순간까지 춤춰야 하리,
팔을 휘저으며 발을 구르며 헛되이.

다음 점프는 없어. 두려웠지, 착지의 순간.
난다는 건 무엇인가, 뛰어올라
세 바퀴 네 바퀴 돌지 못하였네.
창 맞은 투우처럼 허둥대다가
이제는 나의 역할을 마감해야 할 시간.

음악이 끝나면
눈가에 흐르는 찬바람도 그칠 것이네.
두어 묶음 던져진 꽃다발을 주워 들고
서서히 서서히 사라질 것이네,
다음 선수를 기다리는 관중들에게서.

산행법

너무 높은 곳을 보지 말 것
가까운 곳에 눈길을 두고 조금씩 조금씩 오를 것
발 디뎌야 할 곳을 꼼꼼히 살필 것
옆에 바삐 오르는 자가 있어 지나쳐 가도
쉽사리 서두르지 말 것
묵묵히 스스로의 길을 갈 것
한 발 한 발 조금 더 높은 곳으로 오르는 것을 기뻐할 것
때로 쉼터에서 쉬는 시간을 아까워하지 말 것
그러나 너무 오래 앉아 있는 사람들을 경계할 것
퍼지지 말 것
뒤처지는 사람은 그냥 둘 것
만약에 동행이 있어
제 이야기를 한다면 즐거이 들어줄 것
산골을 따라 흐르는 물소리처럼 들을 것
정상에 서서 아래를 보며 즐거워할 것
아 하고 소리치지 말고 그냥 웃기만 할 것
내려갈 준비는 하지 말고 하늘을 볼 것
그러나 내려가서는 막걸리 한 잔에도 쉽게 취할 것
아주 많이 취했어도 비틀거리지 말 것

호숫가

산다는 것은 무엇인가?
호숫가에 산책하는 사람들
휠체어에 담긴 노인이
코에 호스를 꼽고 지나간다.
갸우뚱 벌려진 입, 그는 외친다.

산다는 것은 무엇인가?
휠체어를 미는 중년의 여자가
따라 걷는다. 뒤뚱대는
일당 8만 원의 간병비가
그녀를 걷게 하는 힘이다.

산다는 것은 무엇인가?
본 적 있다, 저 노인, 공포의 눈빛.
응급실에 당도한 구급차 소리,
구급대원의 손을 움켜쥔 새벽 4시,

산다는 것은 무엇인가?

죽음과 함께 걷는 호숫가에서
사람들은 묵묵히 제 길을 돌아 멀어지고
우레탄 냄새처럼 피어오르는 아지랑이여
휠체어에 실려 가는, 저, 저,

흔적

나는 공원 벤치에 앉아 있었다.
바람은 따뜻하고
풀꽃은 아담하였다.

참새들이 이방인을 향한 경계를 풀고
새끼에게 첫 비행을 가르치고 있을 즈음,
어디에서인지 아주 작은 벌레가 훅 날아왔다.
평온을 깨뜨리는 갑작스러운 일이었다.
흰색 바지의 무릎께에 앉더니
몸 쪽으로 달려들었다.
위협적일 만큼 빠른 속도.
미처 다른 생각을 할 여지없이
손가락으로 선을 긋듯 죽 그었다.
벌레는 고동색의 물감이 되었다.
순식간에 생긴 바지 위의 가늘고 긴 물감 자국

봄볕은 변함없이 환하였다.
어린 새들이 이제 막 날갯짓을 시작하고

벤치 위로 크고 무거운 태산목 묵은 잎이
툭툭 소리를 내며 떨어지면
새 잎들이 기지개를 켜듯 일어났다.

경건함에 대하여

단 한 번 그 길을 걸은 적이 있었네.
산안개 아래에는 바람꽃 피고
연초록 싸리 잎 살랑거렸네

휘파람을 불다가 아름다운 숲길을 발견하였네.
성스러운 계시를 받은 수도승처럼 서서 보았네.
키 큰 삼나무들이 열 지어 서 있는 비탈길
그 숲의 나무들은 장엄한 바람 소리를 갖고 있었네.
나는 나무들 사이로 난 좁은 길을 걸었네.
본래 가려던 길은 아니었지만
한 번 내디딘 발길을 되돌릴 수 없었네.

잎사귀마다 부서지는 햇살
수많은 벌레들의 날갯짓에도 귀 기울이며
걸었네. 한참을 걷다가 어떤 경건함과 함께
황홀한 마음이 가슴 가득 차오를 때쯤
사람들의 발자취는 사라져 버렸네.
처음부터 그러리라 짐작은 하였지만,

장엄한 바람의 그 숲길은
가던 길을 멈추고 그냥 숲이 되었네.
한참을 헤매다가 다시 돌아올 수밖에 없었던 길
처음부터 예정되어 있었네.

단 한 번 그 길을 걸은 적이 있었네,
되돌아오면서도 자꾸 뒤돌아보았던 그 숲길.

시간의 무게

주홍색 꽃잎에 취했나 보다.
석류나무 아래에서
한참 동안 석류꽃을 지켜보았다.
꽃 위로 수없이 날아다니는 햇살.

햇살과 꽃들 사이로 검은 물체를 보았다.
지난 가을에 따 먹지 않은 작은 열매,
가지에 매달려 힘겹게 버티고 있는 시간들이
하나 또 하나 눈에 들어오기 시작하였다.

그때, 생각하였다. 저 검은 열매는
저토록 붉고 눈부신 꽃들의 미래다.
푸르고 붉은 열매가 저토록 검어질 때까지
얼마나 많은 밤 별들이 반짝였을까?
껍질을 쪼아 대던 굶주린 새들은 어디로 갔을까?

어느 봄날이었다.
예전에는 보이지 않았던 것들을 보았다.

버섯과의 조우

노인이 걷는다.
태풍에 떨어진 갈참나무 잎들이 수선스럽다.
발자국 아래로 잎들은 이제 노랗게 물들 기회조차 없다.
숲길은 노인의 등을 따라가며 굽었다.

노인은 문득 걸음을 멈춘다.
발부리쯤 아주 작은 버섯.
하얀 곰팡이처럼 피어난, 하찮은 버섯,

뿌리째 뽑힌 고목 아래서
버섯의 짧은 생은 아슬아슬하다.
가쁜 숨을 쉬며 끌끌 혀를 차며
노인은 다시 남은 길을 걷는다.

하얀 버섯이 문득 노인의 뒷모습을 본다.
숲길을 따라서 굽은 노인의 메마른 등.
그토록 오랜 세월 고단했을 삶의 흔적.
뿌리내릴 땅 한 점 갖지 못하고
먹이를 찾아 떠돌아 다녀야 하는

온몸으로

자벌레가 땅바닥을 재며 간다
무얼 재야 한다든지
어느 방향으로 잰다든지
관심이 없다 아, 하고
돌아볼 새도 없다
걸리는 대로 닥치는 대로
오므렸다 펴는 동작 하나로
뭐든 다 정해 버리는
자벌레는
온몸으로 크기를 잰다
그러므로 서두르지 않는다
자벌레가 잰 것들의 모든 크기는
모두 자벌레로부터 나온다
늘어나거나 줄어드는 것은 언제나
땅이며 바람, 나뭇잎, 사랑, 그런 것들

자벌레는 제 집을 지고 가는
달팽이처럼 자유롭다

명태

밤으로 눈이 쌓이고
낮으로 그 눈 녹아 몸을 적신다

뼛속으로 살 속으로 스미는 냉기
하늘을 향해 지르는 외마디 비명

바람은 매섭다
직립의 수도승이여

그 옛날 연홍 아가미의 고기 떼,
꿈 빛 산호초가 그리웠나 싶게,

검고 딱딱한 몸뚱이들
속살 죄다 들춰내어,

얼었다 녹았다 한 올 한 올
누렇고 화안하다

덕장에 매달린 명태

무슬목

삶이 폐허에 있다

싶을 때는 무슬목으로 갈 것

깎이고 닳아진 돌들의 바다

웅크리고 앉아

돌에 그어진 검푸른 정맥을 따라가리

여러 가지 모양의 점들도

헤아려 볼 것 해풍이나 파도에

한 번쯤 불끈거리기도 했을 삶의 흔적들

때로는 걸을 것

둥근 만큼 스스로 단단해진 돌들

흙이나 모래가 되어 서로 섞일 수 없는

주먹돌들의 바닷가에서는 누구나

쓸쓸하리 갯바람 스치는 빈 어깨 위로

노을이 검어지고

그림자처럼 바다가 넘쳐 올 때면

낚싯배의 깜빡이는 불빛을 따라갈 것

가장 둥그런 돌멩이 하나 들고

가난한 어부의 부엌을 생각할 것

호랑거미

숲속 호랑거미 집을 짓는다
바람에 날려 보내는 최초의 거미줄
종으로 횡으로 각각의 사선으로
튼튼한 날줄로 끈적이는 씨줄로
한 올 한 올 정교한 호랑거미집
호랑거미는 집을 배 속에 담고 왔다
별똥별처럼 날아와서는
잠자리 나비 날개 달린 먹이 먹고
날개 없이도 허공에 산다
호랑거미는 침묵하는 시간들을 낚는다
가두기보다 놓치는 게 더 많은 그물
가질 수 없는 것에의 간절한 열망
호랑거미집은 기다림으로 온통 견고하다
사랑으로 미움으로 각각의 그리움으로
호랑거미는 집 속에 작은 집 짓고 산다
여름이면 뜨겁게 폭발하는 알주머니
꽁무니에 줄 내어 나는
찬란한 여행 그리며 산다

제3부

만남

우리가 서로를 만난다는 것은
서로를 향해 조금씩 부서지는 거다
아주 깊은 곳
심해의 울림이 바닷속에 바람을 일으키고
육지의 끝에서는 가슴 두근대는 바위가
먼 수평선을 향해 서 있다
부서지는 것들이여 얼마나 간절한가
어느 겨울밤
순식간에 쏟아져 버리는 은행잎처럼
산다는 일이 허망한 것일지라도
오래고 오랜 세월 동안 파도는
끊임없이 와서 부딪쳐
부서지는 곳마다 모래톱을 만든다
반짝이는 물비늘의 바다여
우리가 저 바닷가 외눈박이 게처럼
서로를 그리워한다면
하얀 포말로 부서지는 파도라면
그렇다면 우리는 서로를 향해 가고 있는 거다

베티블루 37.2

한쪽 눈을 잃은 그녀 하늘 향해 누운
밤바다처럼 잠잠하네 삶에서 죽음으로 가는
데에는 얼마만 한 고통이 필요한가 인생은
이해할 수도 없고 이해하려 해도 안 되는 것
영화를 보다 말고 배가 아프다던 여자를
따라가지 않은 것은 아직 삶보다 꿈이 더
좋아서인가 하늘이 아직 파래서인가 아이를
낳아 줄 수 없었던 여자여 이제도 어느 곳에서
늘 똑같은 피아노 소리를 들으며 밤새도록
탱고를 추는 어린 인형의 고달픈 몸짓을
지켜보고 있는가 내뱉은 담배 연기처럼 몸속에
잠시 머물다 순식간에 흩어지는 게 생명이라면
제 짝을 향해 앞발을 꺾어 세우는 암사마귀처럼
날렵하게 결판을 내는 것이 사랑이라면 내가
저질렀던 수많은 고백과 열정의 시간은
억울하지만 사기다

그러니 나를 용서해 다오 하루하루가 만만치

않아서 하루하루 열심히 살지 못하였노라
열심히 도망 다니며 살았노라 오 베티 베개
아래 드러난 너의 외눈

겨울 은행나무

가질 수 없는 것들을
갖지 않겠습니다.
이룰 수 없으므로
더욱 열심히 사랑하여야 하므로
사랑하는 이여,
내 몸 곳곳 가지마다
그 끝 높이 들어 경배하나니
누릴 수 있는 것만을
누리려고 하지는 않았지만
누릴 수 없는 것들을
벅차게 하신 이여,
그냥 빈 가지로 있겠습니다.
함께 설레던 잎들 다 떨구고
바람은 차가움에 겨워
가지와 가지 사이를 오가며
울어 댑니다.

사랑이야

비우지 않으면 멈추지 않는 사랑
가수는 눈을 감는다
눈을 감는다
세상을 보듬기 위해

사랑을 노래하는 사람들은
막힌 관상동맥으로
뛰는 심장을 가졌다
찬송가처럼 푸른빛,
어느 심해
가오리의 유영을 보았는가
막힌 가슴으로 기우뚱
나는 새

아름다움을 벗어 버린 후로
더욱 아름다운 사랑
맑은 눈빛 하나로만
맑은 영혼 하나로만
바짝 마른 노래

그 골목길

미안해요 이렇게 만날 줄은 몰랐어요

오랜 시간이 흘렀으므로 아무렇지 않을 줄 알았어요 그
대, 놀란 눈을 다시 볼 줄은 몰랐어요 습관처럼 거길 갔을
뿐이에요

그 길에서는 아주 작은 발자국 소리에도 가슴 설렜죠

창마다 불이 켜지고 아이 우는 소리 깔깔대는 소리 소
곤대는 소리 듣고 싶었어요 서로 헤어질 수 없어서 몇 번
이고 다시 뒤돌아 걸었던 그 길 기다란 골목길 가 보고 싶
었어요

미안해요 다시 가지 않겠어요

입김 호호 불며 쳐다보던 흐릿한 가로등 아득한 밤별들
그리워하지 않겠어요 나는 이제 이 세상에 없는 거예요
살랑대는 머릿결 반짝이를 단 흰 운동화 기억하지 않겠어
요 그 눈빛 잊겠어요

애기부들

기다린다는 것은 애 터지는 일이다
너를 향한 마음을
꼭꼭 뭉쳐서 높이 치켜들고
기다린다 부드러운 잎 살랑대며
기다린다 여름이 지나고 가을이 지나고
마른 줄기에 겨울바람이 부는 동안
기다린다 오랜 세월이 지나
고개마저 이길 수 없게 되는 동안
기다린다 애타는 그리움을 견디지 못하고
터져서 더 이상 견딜 수 없으면
하얀 날개를 단 갈색 씨가 되어서

너에게 날아가야겠다
너는 어디에 있느냐

까치집

허락하신다면
당신의 마음 한쪽에
나뭇가지 하나 걸쳐 놓겠어요.
아무것도 아니에요
허락하신다면
두 번째 가지도 올려놓겠어요.
걱정하지 마요
당신의 마음 아픈 곳에
세 번째 가지도 얹어 놓겠어요.
교묘하게
서로 얽혀 흩어지지 않게
센 바람에도 쉬 떨어지지 않게
네 번째 가지도 걸쳐 놓겠어요.
이 세상 누구도 흉내 낼 수 없는
신비한 재주로
간절하게
허락하신다면
당신의 가지와 가지 사이

가장 아스라한 부분에
집을 짓겠어요.

이끼에게

작은 물살에 춤춰 노래하지 마

그댈 향해 부풀어 있으니

언제나 푸른 꿈으로 치장하는 이여

사랑하였노라 하지 마

폭우가 세상을 덮고

그대 지푸라기처럼 휩쓸려 갈지라도

물새 종종거리고 잔 물고기 촐싹대던 여름

잠자리처럼 그림자 달고 날던 냇물

잊지 마, 떠난 후에도

늘 옆구리에 붙어 간지럽힐 이여

그대 맘속 바위 하나

자갈로 모래로 부서져도

출렁거리지 마, 어느 바다

해초처럼

콩밭에서

우리 사랑 콩밭에서 자라는
잡초쯤 될까
오월 땡볕에
멀쑥 멀쑥 잘도 크는 다북쑥
익모초쯤 될까

우연인 듯 운명인 듯
밭고랑에 날아와 박힌
씨알들의 밤과 낮이
몸앓이를 한다더니

가슴 떨리는 음모처럼
모올래 키워 낸
저 잡것들
여린 콩꽃들 사이로
고개 쳐들고 가슴 뻗대고
저리도 퍼어렇게 서 있구나

에라, 요놈!
낫으로 모가지를 칠까
뿌리째 뽑아 버릴까

우리 사랑
콩밭에서 베어지는
다북쑥 익모초쯤 될까
쑥떡이 될까
쓰디쓴 설사약이 될까

늦가을

이제 독 오른 뱀 하나가
날 물어 준다면 너와 나
바스락거리는 이파리쯤
되어도 좋겠다

일렁이는 바람

바람이 이슬 한 방울 떨어뜨려
새벽 강아지풀을 깨우거나
어린 참새 팽개쳐 날리거나
구름 흘려 비 뿌리거나
황막한 사막에 모래 언덕을 쌓거나
먼 바다 수평선 위로 햇덩이를 띄우거나
지구의 한편에서는, 그 해를
자꾸만 산 아래로 내리 누르거나
가지마다엔 벌레들의 고치를
제각기의 꿈으로 하늘거리게 하거나
어느 앳된 삶을 휘돌아 와
추억의 장다리꽃밭
나비 한 마리 하얗게 불어 올리거나
물이랑 반짝이는 그 강가
무리 지어 서성이는 갈대들처럼
애달아 일렁이는 너와 나의 숨결이거나

감자의 사랑법

감자를 찔 때면
삼발이가 필요해
달아오른 물과 몸이
서로 닿지 않아야 돼

소용돌이치는 김만으로
솟아 터지는 기운만으로
사랑을 하는 거야

움치고 뛸 수도 없는 그러나
어둠 깊숙이 은밀한 솥 안에서
감자는 감자대로 물은 물대로
온전하게

섞이거나 헤쳐
풀어져서는 안 돼
서로의 냄새로 서로의 열기로
그냥 치열하게 달궈지는 거야

마침내 절정의 순간, 숨 가쁘게
들썩이던 솥뚜껑 열리고
서로에게 단련된 몸뚱이가
세상 밖으로 드러날 때
그땐 포옥 익은 가슴 하얗게
빠개어져도 좋은 거야

는개

내소사 가는 길은
는개로 가득하다

산새와 나무와 오소리의
숲을 지우는 은빛 물방울들

보이지 않은 것들의 허공에
네 이름을 쓴다 나는

비어 있다 두고 온
조개껍데기의 바다처럼

바람은 아직 일지 않았다
젖은 만큼 더 젖는 잎

되돌아 네 이름을 부르다
지워진 길을 향해 휘파람을 불었다

직소폭포로 갈라지는 냇가
그 언저리 이승과 저승 사이

거기 서서
잎 지는 소리를 듣는다

옴마니밧메훔
다시 오지 말아라

모기

그 모기 나의 팔을 물었네
모기가 되어 날아간 나의 피

그 모기 그녀의 팔을 물었네
모기가 되어 날아간 그녀의 피

어느 날 거리에서
나는 듯 걷는 그녀를 보았네
어디서 보았을까

생각하다가 가려운 어깨를
긁다가 깜빡 잠이 들었을까

감나무 그늘에서
오수를 즐기는 모기 한 마리

금목서

금목서 향기가 좋아
한 가지 꺾어 창가에 두었더니

노랗고 작은 새들이 날아와서
금목서 금목서 하며

울다가 가네 네가 다녀간 날처럼
하루 온종일 어수선하네

제4부

파리는 누워서도 난다

선생은 말한다.

파리는 누워서도 난다.
땅속으로든 하늘가에로든 파리는 난다.
날지 않으면 파리가 아니다.

파리는 한쪽 날개만으로도 난다.
팔짝팔짝 뛰는 형편없는 몸짓으로라도
파리는 열심히 난다.

선생은 교단에서 쫓겨났다.
그 선생이 그리워 찾아온 아이들은
윙윙거리며, 파닥거리며, 자꾸만 추락하며
그러면서도 끈질기게 나는,
파리를 한 마리씩 가슴에 품고 갔다.

소망탑

언젠가 어렸을 적에
아버지께서 말씀하셨단다.
애야, 너는 나 같은 농사꾼이 되지 말아라.
많이 많이 배워서 훌륭한 선생이 되어라.

그 후로 스무 개의 겨울이 더 지나고
스물한 번째의 봄이 왔을 때,
나는 선생이 되었단다.
그때 나는 아버지의 말씀처럼
훌륭한 선생이 되고 싶었지.

길지도 짧지도 않은 세월 4년,
돌이켜 부끄럼이야 없겠느냐마는,
결코 후회스럽지 않은 꿈같은 시간들.
너희들과 함께 있었기에 즐거웠던 날들.

나는 슬픔을 잊기 위해 쌍계사 계곡을 오르다,
작은 돌로 쌓아 올린 소망탑을 보았다.

여기저기서 흙 내음새 배어 나오고
풀벌레 소리 자지러지는 언덕 위의 초라한 탑 앞에서,
애들아, 나는 너희들에게 하나의 탑이 되기로 했단다.
산다는 건 소망을 갖는 거라고 속삭이는
아주 작은 소망탑이 되기로 했단다.

사람답게 살기 위해
사람답지 못한 대접을 받아야 했지만,
진실을 가르치기 위해
진실을 말할 수 없는 교단을 떠나야 했지만,
애들아, 절망하지 말아라. 분노하지 말아라.
빈 교단을 보며 헛되이 눈물짓지 말아라.
너희들의 가슴엔 이미 돌무더기 작은 소망탑이 있단다.
너희들의 심장 가까이, 바로 거기에,
통통통 뛰는 뜨거운 소망이 있단다.

새

작다
새가 납작하다
아스팔트에 붙어 새였던가 싶다
한껏 날개를 펴 차바퀴를 껴안고 있다
넓다
한때 그 가슴 뜨거웠다 깃털 하나
움츠릴 새 없이 차는 질주한다
생과 사는
순식간이다 나는 떠난 적이 있다
세상을 다 안고 싶었다
한쪽 눈의 전조등이 어둠을 도려냈을 때
다른 쪽은 안개 속에 있었다
새는
미처 보지 못했다 다른 쪽 눈이
이제 아스팔트에 있다 납작하다
한때 그 가슴 뜨거웠다

닭장차

두 주먹 불끈 쥐고 노래합니다
사람이 더 이상 사람이 아님을
자유가 더 이상 자유가 아님을
정의가 더 이상 정의가 아님을

절망을 절망을 누를 길 없어
분노를 분노를 참을 수 없어
두 팔 높이 들고 외쳐 댑니다
이 고난 이 치욕이 마침내 시작임을
결코 싸움의 끝이 아님을

배추꽃 노란 햇발 아래로
철망 너머 봄바람 드높은 하늘
명동성당 공터에는 비둘기 나는데

닭장차 한 대
검은 매연 뿜으며 달려갑니다
핏발 선 눈으로 찢어진 목구멍으로
터져 버린 가슴팍으로 갑니다

강변카페

생쥐의 눈처럼 빤질한 불빛들이 수면을 비치면 우리는 불로동 다리를 지나 막걸리집 강변카페를 찾았다 천변을 따라 즐비한 장의사들 사이로 관 짜는 망치질 소리 들리던 강변카페. 젓가락으로 전어 구이 옆구리를 발라내며 칸막이 너머로 관값 깎는 흥정 소리를 듣곤 하였지 잔술에 취해 휘청거리는 리어카꾼이나 그 뒤를 따라가 잠드는 늙은 별을 보며 젓가락 장단에 홍도를 부르다가 겨드랑이의 종기는 언제 날개가 되겠느냐고 식상한 무드 아닌 누드를 잡기도 하였어 그럴 때면 쓰린 속을 달래러 온 술집 여자들이 무슨 대단한 예술가나 만난 듯이 호들갑을 떨며 돼지 내장국에 막걸리 사발깨나 선선히 사 주는 것이었다 그도 저도 없는 날이면 쓸쓸해 빈 호주머니만큼이나. 계엄군이 여고생의 가슴을 잘랐다는 양동시장 쪽을 쳐다보다가 미문화원 방화범이 이제 곧 미대사관마저 폭파해 버릴지도 모른다며 괜한 두근거림으로 가슴 죄다가 어느 영화의 한 장면처럼 우리에게도 무슨 구원의 신 같은 게 있어야 하지 않겠느냐며 정말 기다렸어 충장로 우체국 앞에서 하룻밤 영업을 마치고 돌아오는 기타쟁이 맹인가수를.

목이 다 쉬어 감정만 무성한 그의 노래에 우리는 너그러이 박수를 쳤고 그는 선뜻 술값을 내주고는 수줍은 듯 더듬더듬 카페 안 집 제 방으로 들어가 버렸지 그쯤이면 이제 강변카페를 나올 때가 된 거야 버드나무 가지가 사정없이 싸대기를 후려치는 천변에서 우리는 비린내 나는 광주천으로 뛰어들고도 싶었던 거야

억새

억새가 꽃씨들을 날려 보냅니다.
더 크고 더 하얀 것들은
아주 먼 곳의 바람을 타고 날아갑니다.

억새꽃은 세상을 향한 모든 억새들의 꿈입니다.
억새꽃 중에는
억새가 특별히 사랑하는 어리고 애잔한 것들도 있습니
다.
날지 못하고 그냥 누런 줄기에 붙어 있는 꽃씨들
아주 작은 것들입니다.

겨울이 되었습니다.
헐벗은 언덕엔 억새들이 앙상합니다.
허리 꺾인 억새들의 무리를 보았습니다.
날아가지 못한 꽃씨를 보듬고 있었습니다.

날아가지 못한 것들은
이제 그 언덕에 더 넓은 억새밭을 만들 것입니다.

사랑하기

그리운 이들이 찾아와서 함께 저녁을 먹었네.

곱창에 소주라는데 술을 못 마셔 사이다에 콜라를 타서 거품이 뽀글거리는 맥주를 만드네. 자아 건배! 함께한 시간, 옛이야기가 정다워서 헤어지기 힘들어서 손을 흔드네. 잘 가. 이제 그냥 가. 잘 가. 응, 또 봐. 시집 한 권씩 사서 바꿔 들고 집으로 가는 길, 나는 생각하네. 서로 찾아가고 찾아온다는 건 서로에게 마음을 주는 것. 기다림을 주는 것.

그러다가 또 이런 생각도 하네. 나는 내내 무엇을 좇는가? 세상을 바꾸려고 하는가? 먼 곳의 바람 소리를 들으려고 하는가? 꽃들을 피워 올린 저 아름다운 나무가 되려는가?

그대가 물으신다면 고개 저으리. 마음 따뜻한 사람을 사랑하며 살겠노라 말하리. 쉬 얼굴 붉어져 말 한마디 하지 못하고 돌아서는 사람. 뒤돌아보지도 못하는 사람. 가로등 아래 비틀거리는 긴 그림자를 가진 사람. 그런 사람을 사랑하리. 강가에 서성이는 목이 긴 풀들처럼 그리우리. 들판을 휘젓는 여우 새끼처럼 슬프리. 쉰 목소리로 노래하리. 술잔을 비우리.

그 저녁, 입암산성에서

나무들은 물안개 뿜어 산에 오른다.
계곡을 거슬러 잠입하는 동학농민군
무너지는 하늘과 산의 경계에 서고 싶다.

우악한 물소리 따라 부서지는 바위
빗방울은 거친 사내의 가슴을 친다.
쥔 주먹 가쁜 숨으로 오르는 입암산성.

나라는 저물고
쏟아져 내리는 폭우 참을 수 없어
바위투성이 성벽을 오른다.
죽든 자들과 살아남은 자들의 무덤 위로
안개는 빗속에서 길을 막아라.
가야 할 길이 보이지 않은 만큼 가슴은 뜨겁다.

한 모금 빗물로 목을 적시는, 여기는 옛 전쟁터.
사람 사는 세상은 언제 오는가.
흔적뿐인 성루엔 노란 산나리꽃

전주성으로 떠나간 눈빛 형형한 사내,
찢겨진 깃발.

어둠 속에서

가투를 마치고
경찰서 투쟁을 마치고
유치장에 갇힌 지 사흘 만에
전라도 광주로 가는
야간열차를 탔다

보도블록을 깨던
멍든 손으로 전교조 만세
외치고 싶어서
견딜 수 없어서

열차가 터널을 지나고
또 다른 어둠으로 가는 동안
우리는 새겼다
깜깜한 차창 막막한 유리벽에

화장지를 뜯어
글자를 붙였다 꼼꼼하게 치밀하게

물을 묻혀 침을 발라
사람답게 살고 싶다

치욕

개는 검정색이다.

벌어진 입과 흐르는 침, 주체할 수 없는 혓바닥. 침대 다리에 묶여 주인을 기다린다. 하루 종일 동그랗게 뜬 눈, 시간은 공허하다. 어둠 속에서 개는 골판지 같은 시간들을 홀로 견딘다.

견딘다. 기다림이 개의 본질이다.

혀끝으로 물 나오는 단추를 누를 때에도 시간은 멈추지 않는다. 개는 태어나기 전부터 시간을 공간처럼 느리게 지나가는 법을 알고 있다. 개는 문득 생각난 듯 운동을 한다, 목줄이 허락하는 만큼의 공간에서. 그럴 때마다 좁은 창살을 비집고 개의 비만을 향해 내리꽂히는 봄볕. 봄볕은 최루액처럼 가렵다. 가렵다. 온몸이 가려울 때면 개의 심장은 먼 옛날의 풀밭에 가 있다. 팔딱거린다, 이 분노. 다만 오랜 연습과 자기 최면으로 헛되이 분노하지 않는 법을 배웠을 뿐.

개는 기다린다.

기다림을 일시 정지시키는 주인의 발소리가 기다림의 최종 목표다. 번호 키를 누르는 소리가 들린다. 개는 하루 종일 참았던 신음 소리를 내며 검정색 꼬리를 흔들어 어둠을 흩뿌린다. 어둠 가운데에서, 번쩍이는 눈빛처럼 빛나는 어둠. 개는 목줄을 끊고 날카로운 이빨로 목덜미를 물어 버리는 상상을 하며 하루를 버텼다.

　그러나 복종은 달콤하다.

　어쩌랴. 주인의 발목을 핥으며 낑낑대며 꼬리친다. 하루 딱 한 번의 자유,

　산책의 순간을 위해. 바깥 공기를 쐬기 위해. 개는 간절하다.

리베르 탱고

반도네오니스트 고상지가 고국으로 돌아왔다던데. 반도네온과 부에노스아이레스 뒷골목 술집의 탱고를 사랑한 사람. 차 안에서 피아졸라의 리베르 탱고 연주를 들었다.

아직 차가운 파도의 해변에서 발가락을 자유롭게 하였다. 고생했어. 보이지 않은 곳에서. 낮은 곳에서. 발가락들을 맞대어 비볐다. 그러다가 은빛 물비늘 위로 물수제비를 띄웠다. 더 많은 소원이 필요하다. 오오 주체할 수 없는 생이여, 더욱 외로워지기를. 외로움만으로 두 팔 벌려 춤추기를. 오오 리베르 자유여 슬픔이여. 우리는 눈물만 커다란 어릿광대. 잃어버린 가락에 맞춰 탱고를 추었다.

그때였다. 먼 곳의 바다로부터 새들이 왔다. 신의 계시처럼. 내려왔다 또 솟구치는 새 떼들의 춤. 오오 외로움이여 슬픔이여. 리베르 탱고.

제5부

아름다운 먼지

한 줄기 햇살로 인해서 비로소 보이는 먼지들이여. 날아다니는 작은 알갱이여. 아름다운 햇살, 아름다운 먼지를 나는 본다.

그때 나는 부엌에 있었다. 빨리 먹어라. 엄마가 숨겨 둔 삶은 달걀 두 개. 잠긴 부엌문 사이 햇살이 얼핏 가려지더니 누군가가 안을 들여다보았다. 동그란 눈 일곱 살배기 동생. 고통은 살아 있다는 증거. 가진 모든 것은 굶주림뿐인 적이 있었다. 그때 나는 아홉 살이었다. 큰집에 양자로 가는 큰아들이 떠나는 날. 엄마는 더 줄 것이 없었다. 혼자만 먹어라. 한 달 뒤에 동생은 죽었다. 부엌문 사이로 동그란 눈.

봄꽃

어머니,
화분에 봄꽃 가득 담아 오셨네.

말바우시장에 봄꽃이 이뿌다 해서
봄볕 아래 봄꽃들 수줍게 웃네.

걷지도 못하면서 장에는 어찌 가셨남?
버스 타고 뽁뽁 기어서

어머니,
당나귀처럼 헹헹 웃으시네.

아들도 없냐 허데. 택시 타고 다니래.
아들놈이 나쁜 놈이라고 운전수가

잘 했소. 씨언허요.
봄볕 아래 봄꽃들도 낯이 붉어졌네.

빼뿌쟁이

쑥 캐러 갔더니
쑥은 없고

얼금뱅이 앉은뱅이 빼뿌쟁이 녀석들
소발에도 개발에도 두루 밟히며
어라, 길바닥에 퍼질러 앉아 있네요

되는 대로 캐어다가 칼칼 씻어서
어린 놈은 삶아서 나물 만들어 먹고
다 큰 놈은 더 고아서 아버지께 드리니

울 아버지 그 물 드시고
오줌 잘 나온다고 좋아하시네

아버님 전 상서

   – 나 죽은 후에도 저토록 붉은 꽃이 피리.
     꽃이 붉은 만큼 슬프리.
     슬프지 않으리.
     저 붉은 꽃.

어느 날 아침이었어요.
눈물이 흘러내려 이불을 둘러쓰고 울었어요.
나에 대해서 아무 할 말이 없어서 무작정 울었어요.
어떻게 살아야 할까요.
아버지가 없는 세상은 너무 낯설어요.
어떻게 살아야 할까요.
그러다 또 울다가 어머니께 전화를 했어요.
무슨 일이냐고 물으셨지만 나는 대답하지 않았어요.
그냥이라고 대답한 것도 같아요.
그리고는 아무 말도 하지 않았어요.
나의 눈물이 전화선을 타고 어머니께 가지는 않았겠지만
어머니는 괜찮다고 하셨어요.

아버지,
그날 밤이 마지막이 될 줄 몰랐어요.
집에 가고 싶다고 하셨는데, 아버지
마지막 작별 인사라도 하게 해 주세요.
그럴 수만 있다면, 아버지
나의 말을 들어주실 수만 있다면.

아버지와의 산행 2

아니다 조금만 더 가자
언제 다시 오겠느냐
선산은 멀고 발걸음은 무거운데
아버지 눈길이 그윽하시다

아버지는 점점 더 높지 않은 곳까지밖에 오르지 못하
셨다
　아버지의 높이가 허락하는 것만큼 아버지는 오르다 가
셨다
　더 오를 수 있었는데 하고 혀를 차지 않으셨다
　아버지 눈길이 그윽하시다

이제 나는 홀로 산을 오르며 생각한다
풍경이 미치는 뿌연 산
구름 너머 먼 들판을 본 적이 있는가
산 그림자에 부서지는 바위를 본 적이 있는가
나의 높이만큼 오른 적이 있는가

아버지 이제 그만 가시죠
절룩거리는 발
다시 내려갈 일이 걱정이다

치매 검사

여기가 어디죠?
상무병원
나는 속으로 외친다
아버지 여긴 보훈병원이어요
여기가 몇 층이죠?
이 층
여긴 일 층인디
뒤에서 지켜보던 어머니는 피식 웃는다
어머니는 조금 덜 심하시다
구십오 빼기 칠은 몇이죠?
엉? 머라고?
구십오 빼기 칠이요
아버지는 한참을 생각하신다
구십이
구십이요? 그럼 구십이 빼기 칠은?
몰라! 별걸 다 물어보네
아버지는 그냥 일어설 듯하다가 꾹 참고
팔십칠!

말투가 곱지 않다
그래도 병원이니까
내 병 낫게 한다니까 참는 거다
옛날 성질 같았으면 죽었다
이러면서 잘도 참는다
아버지 참 장하시다

겉과 속

치매에 걸린 울 아버지
어찌 사시나 싶어 갔더니

속옷 단추
겉옷 구멍에 꿰어 입고
문 앞에서 허허 웃으시네

수줍은 단추 하나
반들반들 웃네
나도 덩달아 하하 웃네

아버지,
속옷하고 겉옷하고 다르거든요

수줍은 단추 하나
햇볕에 반들반들 웃네

놔둬라 다 같은 옷이다

나도 덩달아 하하 웃네

울 아버지 벌써
겉과 속이 다르지 않으시니

아버지 따라가려면 난 아직 멀었구나

틀니

아버지는 어머니에게 말한다.
이런 바보, 지 이빨도 못 챙기고
아버지는 일곱에 그의 아버지가 죽었다.
눈물이 안 나와서 눈에 침을 발랐으므로
일찍이 배고픔을 안다.
아버지는 틀니 통을 꼭 쥐고 있다.

어머니는 눈이 시뻘겋다.
고것이 얼마짜린디, 오백만 원, 아아, 오백만 원, 서울
사는 둘째아들, 울산 사는 딸내미가 해 준 틀니를 잃어버
렸다. 겨울 내내 틀니를 하기 위해 얼마나 고생했던가. 억
지로 뽑아야 했던 썩은 이빨들.

괜찮아요, 또 하면 되죠 뭐, 큰아들 목소리는 괜찮지 않
다.
이제 밥을 어찌 먹을 거요 하고 싶은가 보다.

남자

한 세상 먼지 같아 노을은 검다

총구의 남은 연기를 후 불어 날리는 남자, 잽싼 손짓 하나로 악당을 처치하는 남자, 눈 한 번 깜박이지 않는 갈색 눈으로 여자를 사로잡는 남자, 가벼운 키스만으로도 쉬이 별하는 남자, 뒷모습이 듬직한 남자다운, 남자가 되고 싶다고 생각하는 순간, 아내는 사거리 노란 신호등에서 차를 세웠다. 뭐야, 그냥 가도 되잖아! 노란 불이야, 노란 불! 그냥 가면 안 되거든요! 그냥 가도 되거든요!

오랜만에 서부영화를 보고 귀가하는 길이었다.

몽산포 새마을 밴드

몽산포의 밤엔 새마을 밴드가 있지
리더는 새마을 식당 사장님
하와이안 스타일 수영복 바지를 입고 기타를 치네
삶이 헐거워지고 싶구나! 느낄 땐 가 봐!
파도 소리 멀어져 돌아오지 않고
사방에서 터지는 폭죽, 메케한 연기
보컬은 고음 불가 허스키 보이스
정열의 여인.
가 봐! 함께 노래하지 않아도 좋아
오늘은 또 오늘만큼의 해가 졌으므로
더 이상 기다릴 게 없는 것들의 세상에서는
어지러워, 갈매기 발자국처럼 박힌 밤 별들이여,
한 잔의 붉어진 노랫가락이여,
아름다운 아마추어의 재즈!
가 봐, 함께 춤추지 않아도 좋아
그냥 어둔 모래밭 구멍에 앉아
수천수만의 게들처럼 모래 알갱이를 빨아 대도 좋아
목울대 돋우며 노래하는 정열의 여인!

몽산포 새마을 밴드
가 봐!

부스러기별들

하느님이
별 뒤주를 청소하셨나 보다

별들이 일제히 쏟아졌다

그 통에
세상 구경을 못 해 본 작은 별들이
새하얗게 내려와

멧돼지 새끼가 되거나
갈참나무 잎이 되거나
날다람쥐가 되거나

어떤 것은
바위채송화가 되기도 하였다

부스러기별들
바위며 산등성이를

흔들어 대는
아주 작은 꽃이

피는
지리산 만복대의 여름

갤러리 '숨'

해운대 달맞이고개 갤러리 '숨'
테이블 서너 개 피아노 달랑 하나
여남은 명 손님들은 모두 왼손잡이, 아무런 말도
없이 메조소프라노 여가수가 노래를 시작한다.
처음엔 부드럽게, 햇살 가득 들길을 걷는 듯
살랑대는 바람, 흔들리는 꽃잎에 젖는 듯
우리는 서로 한쪽만 보고 살아왔다,
버스를 기다리는 사람들처럼.
눈빛만 커다랗게 빛나는 여가수는 메마르다.
오랜 시간 열정적으로 노래하였으므로 남은 게 없다.
박수 소리와 함께 보내 버린 돌이킬 수 없는 시간들
가냘픈 몸이 구부러지며 순간 터져 오르는 소리
폭풍과 벼락, 몸부림치는 난파선의 바다에서
지난 삶은 한껏 쓰리다. 심장 깊숙한 곳까지
그녀는 혀를 날름거리며 두근대는 선혈을 빨아 먹는다.
우리는 서로의 다른 쪽마저 사랑하기 위해 산다.
촛불은 스스로 녹아서 붉다. 바다 멀리에서
헤매던 별들은 창 너머 반짝 작은 눈물이다.

브라보, 우렁찬 환호. 노래는 끝났다. 저 늙은
여가수의 마지막 공연도 이제 얼마 남지 않았으리라
갤러리의 그림들이 잠자리에 들 시간, 객지에서 온
오른손잡이 마술사가 다음 공연을 준비하는 카페 '숨'
'숨' 갤러리 안에 숨은 작은 카페

내소사 장미

대웅전 앞에
웬 장미?

진홍 꽃 외줄기
여린 가지
휘청 휘청 휘이청

눈부셔라, 사금파리처럼
부서지는 햇살

노승은 쓸데없이
봄볕에 조는데 때마침,

마음 비울 곳 없나 싶어
서성이던 세속의 바람

붉어진 가슴 이기지 못해
덥석, 안고
휘청 휘청 휘이청

해운대 일출

바다는 내 안에 누워 뒹구네. 햇살 따라
튕겨져 오르는 멸치 떼. 튕겨져 오르네.

바다는 발가락으로 파도 소리를 듣는
나의 등허리를 간질이네. 자꾸만 자꾸만 가렵네.

바다는 내 안을 향해 달리네. 흰 물새 떼처럼
하늘 끝 붉은 저편에서부터 물무늬 박차 오르네.

나는 발가벗은 채 일어나서 바다로 가네.
나는 이제 뜨거운 태양으로 헐떡거리는 바다,

파도 위로 온통 반짝이는 은박지를 깔아 버린 바다,
소용돌이치는 물고기들의 바다, 은박지를 뚫고
솟구치는 바다,

작년 매실주에 올봄 매화꽃을 띄우다

전동진 시인, 문학평론가

1.

'나무비행기'는 지금 내가 살고 있는 집의 이름이다. 매화꽃이 한창일 때 이 집으로 선생님과 광록이 찾아왔다. 그렇게 시집 이야기를 시작했다. 100편이 훨씬 넘는 선생님의 시를 놓고 꽤 통쾌하게 시편들을 '날렸다'. 60여 편만 고르자는 선생님의 말씀이 있었다. 고등학교 문예동아리 '죽순'의 지도교사 시절에도 선생님은 우리들이 써낸 시에 대해서 '좋다 싫다' 말씀이 거의 없으셨다. 국어수업을 들은 적도 없어서 선생님께 무슨 유감이랄 것이 없었다. 그런데도 선생님의 시를 한 편 한 편 '제낄' 때는 어떤 희열 같은 것을 느끼기도 했다.

2.

오직 시詩만이 꿈이었던 시절이 있었다. 시는 미지의 것이어야 했고, 언제나 첫사랑과 같은 것이어야 했다.

붉은

철쭉은 알고 있을까요

제 몸 속에 흐르는 붉은

내일이나 모레쯤 비가 와 준다면

오로지 붉은

하나만으로 서서 기다리겠어요

맑은 물방울들로 반짝이는 붉은

어쩌려고 이렇게 붉은

— 「사랑」 전문

이 시는 오래오래 걸려서 온 시다. 60여 편의 시를 골라
놓은 후에 새로 추가된 시다. 순수하게 시를 꿈꾸었던 40
여 년의 세월을 흘러 최근 시인에게 닿은 것이다. 시의 제
목을 두고 여러 이야기가 있었다. '붉은', '백련사' 이런 것
들이 나왔지만, 결국 「사랑」으로 낙점되었다. '붉은'은 여왕
벌처럼 온갖 것들을 끌고 날아오른다. 그리고 끝내 마지막
으로 남은 것이 차지하게 되는 마음 같은 것이 바로 사랑이
다. 나는 이 자리에 잠시의 망설임도 없이 '시詩'를 놓겠다.

그때, 생각하였다. 저 검은 열매는
저토록 붉고 눈부신 꽃들의 미래다.
푸르고 붉은 열매가 저토록 검어질 때까지
얼마나 많은 밤 별들이 반짝였을까?
껍질을 쪼아 대던 굶주린 새들은 어디로 갔을까?

어느 봄날이었다.

예전에는 보이지 않았던 것들을 보았다.

- 「시간의 무게」 3~4연

시간의 무게를 견딘 것들은 하얘지거나 거뭇해진다. 그리고 아주 솜털처럼 바람을 닮거나 돌멩이처럼 단단해진다. 젊은 시절에는 꽃만을 아름답다 했다. 잘 영근 열매만을 풍성하다 했다. 이런 시간들을 견뎌 낸 깡마른 열매는 사랑이 지나고 이별도 한참 지난 후에야 오는 한 줄 시를 닮았다. 저 하늘에 찍힌 검은 점이 한참 전에 날아간 새라는 것은 끝내 지켜본 자만이 알 수 있다. 저 검은 열매가 꽃이었다는 것을, 열매였다는 것을, 사랑이었다는 것을 노래할 수 있는 사람은 흔치 않다. 아주 오랫동안 스스로를 지켜볼 줄 아는 이들만이 가능한 일이다.

3.

'첨문학'을 꿈꾸던 시절이 있었다. 내가 문과에서 이과로 전과를 하고 재수학원에 다닐 때, 선생님은 해직교사가 되었다. 광주제2순환도로 남광주농협 건너 철도 지나 4층 건물엔가 전교조 광주지부 남부지회가 있었다. 그곳에서 근동 고등학교 학생들을 모아 '첨문학'을 열었다.

우리가 서로를 만난다는 것은

서로를 향해 조금씩 부서지는 거다

아주 깊은 곳

심해의 울림이 바닷속에 바람을 일으키고

육지의 끝에서는 가슴 두근대는 바위가

먼 수평선을 향해 서 있다

부서지는 것들이여 얼마나 간절한가

어느 겨울밤

순식간에 쏟아져 버리는 은행잎처럼

산다는 일이 허망한 것일지라도

오래고 오랜 세월 동안 파도는

끊임없이 와서 부딪쳐

부서지는 곳마다 모래톱을 만든다

반짝이는 물비늘의 바다여

우리가 저 바닷가 외눈박이 게처럼

서로를 그리워한다면

하얀 포말로 부서지는 파도라면

그렇다면 우리는 서로를 향해 가고 있는 거다

- 「만남」 전문

'참'이라는 것은 '거짓'이라는 말과 대비되지만 '진짜'라는 말과 같은 말은 아니다. '참'은 진리나 사실보다는 '진실'과 어울리는 말이다. "당신이 세상에서 제일 아름다워!"라고 말한다. 이것은 사실이 아닐 수 있지만 두 사람이 마주하며 연 세상에서는 '참'이다. 만난다는 것은 부서지는 것이고, 부서져야 새로 쓸 수 있다. 그러니 고통이 함께할 수밖에 없다. 그 고통이 남긴 글귀들이 '하얀 포말로 부서지는 파도'라고 다시 해석될 때, 그 기쁨은 실제의 만남에서보다 크다.

우리 사랑
콩밭에서 베어지는
다북쑥 익모초쯤 될까
쑥떡이 될까
쓰디쓴 설사약이 될까

– 「콩밭에서」 5연

이제 독 오른 뱀 하나가
날 물어 준다면 너와 나
바스락거리는 이파리쯤
되어도 좋겠다

– 「늦가을」 전문

밭을 일궈 본 사람이라면 쑥이 얼마나 징글징글한지를 안다. 잠시만 관심을 쓰지 않으면 금방 쑥대밭이 된다. 쑥을 뜯어 차를 덖기 시작했다. 그랬더니 놀랍게도 산 아래 다복다복 오른 쑥이 귀하기 그지없다.

너무 흔해 귀하지 않은 것들도 함께 '모가지'를 낫에 베이는 시련을 지나면 얼마든지 '사랑'이 될 수 있다. '죽어도 좋아'라는 말을 입에 달고 산다. 이 시절의 사랑은 그렇게 격정적이었고, 쉽게 전부를 걸 수도 있었다. 모든 것이 옮겨져야 사랑인 줄로 알았다. 대학에 들어가면서 나는 거의 여지를 남기지 않고, 그렇게 청년학생으로 모든 것을 옮겨 갔다. 송구스럽게도, 그리고 놀랍게도 선생님들 소식이 별로 궁금하지 않았다.

4.

아주 오래도록 저마다의 길을 부지런히 갔다. 나는 나대로 가두투쟁을 나가고, 화염병을 던지다 울고, 시를 쓰며 주먹을 불끈 쥐었다. 쉽지 않으리라 생각했는데, 큰 우여곡절 없이 대학도 졸업했다. 그리고 대학원에 들어가 처음인 것처럼 공부를 시작했다. 시인도 되었다. 선생님은 해

직교사 시절에 더 간절하게 제자들을 거두셨다. 복직을 하시고 학생들을 가르치며 세월의 파고를 잘 넘어오셨다.

가투를 마치고
경찰서 투쟁을 마치고
유치장에 갇힌 지 사흘 만에
전라도 광주로 가는
야간열차를 탔다

보도블록을 깨던
멍든 손으로 전교조 만세
외치고 싶어서
견딜 수 없어서

열차가 터널을 지나고
또 다른 어둠으로 가는 동안
우리는 새겼다
깜깜한 차창 막막한 유리벽에

화장지를 뜯어
글자를 붙였다 꼼꼼하게 치밀하게

물을 묻혀 침을 발라

사람답게 살고 싶다

— 「어둠 속에서」 전문

올 봄에 우리는 매화꽃을 보며 송담주를 마셨다. 그리고 2층으로 자리를 옮겨 이 절실하고 간절한 시를 맥주 한 잔과 함께 읽었다. 화장지를 뜯어 '사람답게 살고 싶다'고 새길 때, 선생님은 서른이 채 안 된 나이였을 것이다. 내가 웃음기 싹 지운 낯으로 여쭈었다. "선생님? 사람답게 살고 싶다는 바깥에서 읽을 수 있도록 붙이신 것 맞죠?" "당연하지!" 참 귀엽게도 간절하고 진실하셨다 생각하며 웃었다.

그대가 물으신다면 고개 저으리. 마음 따뜻한 사람을 사랑하며 살겠노라 말하리. 쉬 얼굴 붉어져 말 한마디 하지 못하고 돌아서는 사람. 뒤돌아보지도 못하는 사람. 가로등 아래 비틀거리는 긴 그림자를 가진 사람. 그런 사람을 사랑하리. 강가에 서성이는 목이 긴 풀들처럼 그리우리. 들판을 휘젓는 여우 새끼처럼 슬프리. 쉰 목소리로 노래하리. 술잔을 비우리.

— 「사랑하기」 부분

마음이 따뜻한 사람들은 그 마음을 누군가에게, 더 무엇엔가 이미 주고 없는 사람들이다. 그래서 그 사람들은 늘 빈 마음으로 누군가의 혹은 무엇인가의 마음을 받을 준비가 되어 있는 이들이다. 그런 사람들이 유독 이근택 선생님의 주위에는 차고 넘친다.

그들이 오늘도 이렇게 빈 마음으로 서성이고 있다. 목이 긴 풀들이 기다리는 바람처럼 빈 마음들은 서로의 이야기를 채우며 사방팔방으로 이야기를 연결하는 것이다. 아무도 기억할 수 없고, 누구도 기대할 수 없는 언제나 처음인 이야기들이 넘실거린다.

5.

벌써 5~6년이 훌쩍 지나고 있다. '현대시교육론' 강의 첫날이었던 것으로 기억한다. 낯이 설지 않는 얼굴이 수업 후에 멋쩍게 걸어 나왔다. "이근택 선생님, 아시죠?" "응!" 제자쯤 되려나 싶었다. "아버지십니다." "웬일이니!" 다시 인연의 끈이 단단하게 묶여 오는 것을 느꼈다. 근 20여 년 가까운 세월이 단박에 촘촘하게 좁혀 오고 있었다.

선생님 제자 중에서 가장 높게 된 이는 '일담'이다. 의사니 검사니 변호사니 이런 직업을 가진 제자들도 훌륭하다. 선생님은 이들을 '야', '누구야' 이렇게 편하게 부르신다. 그러나 '일담'만은 정중하게 높여 부르신다. 그날 집에서도 일담 스님과 통화를 하시더니 나에게 전화를 넘기셨다. "야, 절대 반말하지 마라!" 손사래까지 치시면서 거듭 당부하셨다. 나는 전화를 끊고 나서 "니가 그 다음으로 잘 되었다"는 말씀을 선생님으로부터 끝내 받아내고야 말았다.

> 금목서 향기가 좋아
> 한 가지 꺾어 창가에 두었더니
>
> 노랗고 작은 새들이 날아와서
> 금목서 금목서 하며
>
> 울다가 가네 네가 다녀간 날처럼
> 하루 온종일 어수선하네
> — 「금목서」 전문

예전에는 하나의 강줄기를 이뤄 도도하게 흐르는 것을

좋은 삶이라고 여겼다. 그렇게 흐르면 하나의 역사를 이룰 수 있는 가능성이 높다고 생각했다. 서정시는 다양하고 다채로운 의미의 결을 가져야 한다. 하나의 의미만을 지닌 것은 시라고 하기 어렵다.

나는 이 시가 참 좋다. 당신이 다녀갔다. 사랑하는 그대도 다녀갔다. 강오도 다녀가고, 일담도 다녀가고, 마지막 말을 전해 주시려고 아버지도 다녀가셨다. '네가'의 자리에 오지 못할 것은 없다. 이 자리는 '광천터미널'보다 크고, '인천국제공항'보다 더 많은 것과 연결된 플랫폼이다. 짧은 시가 엮어 낼 수 있는 최대치의 품을 이 시를 통해 만날 수 있다.

> 마음 비울 곳 없나 싶어
> 서성이던 세속의 바람
>
> 붉어진 가슴 이기지 못해
> 덥석, 안고
> 휘청 휘청 휘이청
>
> ─「내소사 장미」 5∼6연

그 장소에 어울리는 것이 있다는 것은 일종의 선입견이

다. 장미는 사랑의 꽃이다. 세속적으로 가장 아름다운 꽃임에 틀림없다. 그 꽃이 산사의 대웅전 앞에 피어 있다. 시는 이렇게 많은 인연들을 다시 마주하게 한 것처럼, 난생 처음인 것을 운명처럼 이어 주는 힘이 있다. 그래서 더러는 불편해지는 것도 마땅히 감수할 수 있어야 한다.

모두가 좋다고 하는 시는 이제 더 이상 시가 아니다. 그런 것은 대중가요면 족하다. 시인의 사회·역사적 참여라는 것은 결국 문화적인 참여로 귀결된다. 역사라는 사회·문화적 시간의 흐름 속에서 시인이 후세대에 남겨야 할 것은 시인의 진실 곧 '언어 자체'이다.

6.

매끄러운 것과는 인연을 맺기 어렵다. 찻잔을 좋아하는 사람들은 자신만의 무늬가 있는 것, 그러니까 미세하게 비틀렸거나, 입술이 닿는 데에 돌기가 솟아 있거나 한것을 자신만의 것으로 삼는다. 얼굴과 뒷모양을 나름대로 정할 수 있는 것을 평생의 친구로 삼는다.

공간은 모두에게 똑같이 주어진다. 여기에 나름대로의 흔적이 남을 때 장소가 된다. 이 흔적은 주로 과거에 새겨진 것들이다. 새겨지는 것이라고 해도 그것은 곧이곧대로 남은 것이어서 떠올리는 것은 불편한 것이 많다. 그 흔적이 특별한 의미가 되는 것은 주로 먼 미래의 일이다. 특별한 이야기를 타고 홈이 되고 돌기가 되는, 혹 그때는 불편했던 것들이 더없이 아름다운 이야기로 우러난다.

선생님을 만나면 흥이 돋는다. 흥이 나면 입이 가벼워지고 이야기가 많아진다. 앞뒤 없이 떠들다 보면 이렇게 억울한 일도 당하게 된다. 내 이야기가 잘 알지 못하는 사람의 삶과 엮여 난생 처음인 무늬로 짜인다.

그때였다. 말없이 술만 마시던 친구가 묵직하고 낮은 목소리로 이렇게 말했어. 화염병은 말이야, 날씨가 중요해. 그날 아스팔트를 손으로 만져 보는 거야. 뜨거우면 시너를 더 넣고 차가우면 휘발유를 더 넣어야 돼. 난 화염병에 관한 한 박사논문도 쓸 수 있어. 여기 봐. 이 팔의 화상 자국, 이게 진정한 불꽃중대 대원의 팔이야.

—「화염병 제조 기술자」 중에서

사실 관계를 따지자면 1990년대 초반 전남대학교 오월대는 네 개의 중대로 구성되어 있었다. 비호, 죽창, 진달래 그리고 불꽃, 그중에 불꽃은 법대, 사회대, 농대 생들이 주축을 이루었다. 이런 사실은 전혀 중요하지 않다. 또 시너와 휘발유로 화염병을 만들면 이것은 피아를 모두 큰 위험에 처하게 할 수 있다. 거의 '폭탄'이나 마찬가지다. 화염병은 시너와 석유를 배합해서 만든다. 나는 화염병 제조 인간문화재를 노리고 있는 기술자의 한 사람이다. 이 시에는 내가 주절거린 이야기도 섞여 있는 것이 틀림없다. 몇몇 내용을 바로잡는 것으로 선생님께 시를 강탈당한(?) 억울한 마음을 달래 본다.

7.

가장 최근에 쓰인 시편들이 시집의 앞부분에 자리하고 있다. 산문시인 이들 시편들은 특별한 매력을 지니고 있다. 기발한 발상과 거듭되는 반전으로 삶의 본질적 가치를 되묻게 하는 「거짓말탐지기」, 「던져 버린 구두 굽」, 「장미나라의 영화」, 「붕」 등이 그렇고, 개인사와 시대사를 아우르는 「저수지 도깨비」, 「노인들의 제삿날」, 「유리공장」, 「화염병 제조 기술자」 등에도 같은 헌사를 붙일 수 있겠다. 하나의 낱말이나 구절이 아닌 한 편의 이야기에 시적 아우라가 감도는 것은 알레고리 때문일 것이다.

나는 밖으로 뛰쳐나갔어. 그러고는 야근하는 동료들에게 흥분된 어조로 나의 발견을 설명했어. 당연히 믿지 않았지만 나의 태도가 너무 진지하니까 혹시나 하고 나를 따라오더군. 난 장미와 나의 사랑을 보여 줬지. 모두들 탄성을 지르며 함께 기뻐했어. 나의 사랑을 거절했던 그 여자도 박수를 치다가 갑자기 나를 껴안더니 사랑한다고 하는 거야. 정말 대단한 상황이야. 이런 일이 벌어지다니.

하지만 나는 천천히 그녀의 팔을 떼어 내며 말했어. 죄송해요. 저는 이미 장미를 사랑하고 있어요. 늦었어요.

— 「거짓말탐지기」 마지막 부분

이 시의 앞 내용을 요약하면 이렇다. 내가 사랑한 여인은 서울경찰청 거짓말탐지기 담당자다. 그녀에게 나는 사랑을 고백했지만 거절당한다. 쓸쓸함을 달래려고 창가의 장미 잎을 따서 먹던 나는 문득 거짓말탐지기의 음극과 양극의 패드를 장미 잎에 붙인다. 놀랍게도 탐지기 용지에 그래프가 그려진다. 장미도 아픔을 느끼고 있었던 것이다. 나는 장미에게 다가가서 다정하게 사랑해, 라고 말한다. 그랬더니 탐지기 그래프가 열심히 움직이더니 하트 모양을 그려 낸다.

이 시에서 사랑한 여인의 직업이 거짓말탐지기 담당자라는 게 흥미롭다. 그녀는 나의 사랑이 거짓인지 참인지 확신할 수 없었을 것이다. 그녀는 장미와 나 사이에 일어난 놀라운 '발견'('나' 그 자체가 아닌 '나와 얽힌 어떤 배경')을 알고는 뒤늦게 사랑한다고 고백하지만, 나는 거절할 수밖에. 나는 나의 아픔, 아니 서로의 아픔에 정직하게 반응하는 장미를 이미 사랑하고 있기 때문이다. 시인은 여기에, 사랑을 얻기도 하고 잃기도 하는 역설적 상황의 중심에 '거짓말탐지기'를 장치해 놓았다. 절묘하다. 산문이 시가 되는 자리이다.

에쁘롱(eprong)은 프랑스 말이다. 목적지가 분명한 길, 주제가 명확한 문체는 에쁘롱이 아니다. 과거와 함께 미래로부터 되살아나는 이야기, 시적 문체가 에쁘롱이다. 예쁘롱의 시는 독자들에게 특별한 각성을 불러일으킨다. "어떻게 이런 시를 쓸 수 있지! 나는 도저히 쓸 수 없겠다." 이것은 낡은 방식이다. "어떻게 이런 것을 시로 쓸 수 있지! 나도 한 번 써 보고 싶다" 이것이 예쁘롱의 시가 추구하는 것이다. 모든 사람들이 시인을 꿈꾸고, 실제로 시를 쓸 수 있도록 '시의 플롯'을 쉼 없이 제공하는 것, 제1부의 시들이 그렇다.

이근택 선생님의 시는 향기를 내세우는 시에 앞선 시가 아니다. 향기로운 꽃의 시절을 보내고 오랜 기다림 끝에 피어나 푸름을 잃지 않고 영그는 열매의 시다. 이렇게 시 다음에 오는 시는 오래 묵히며 읽어야 좋다.

꽃은 누가 봐도 예쁘다고 한다. 하지만 그 열매는 그 가치를 알고, 맛본 사람만이 진수를 알게 된다. 맛나게 오래 두고 즐기며 마음의 갈증을 달랠 수 있다. 작년에 담은 매실주에 올해 핀 매화 한 송이를 띄워 마신다. 선생님의 시를 제대로 맛보는 레시피로 이 방법을 권하고 싶다.

이근택

경기도 양주에서 태어나 다섯 살 이후 계속 광주에서 살았다. 고교 시절에 '전남학생시조
협회' 회원으로, 대학 시절에 조선대학교 문학동인 '석혈' 회원으로 문학을 배웠으며, '죽
순', '춤문학', 전남여고 시모임 등 제자들과 함께 시 공부를 하면서 시작 활동을 하였다.

e-mail｜lee43232@hanmail.net

장미를 사랑하고 있어요

초판1쇄 펴낸 날 ｜ 2019년 8월 10일
초판3쇄 펴낸 날 ｜ 2020년 9월 3일

지은이 ｜ 이근택
펴낸이 ｜ 송광룡
펴낸곳 ｜ 문학들
등록 ｜ 2005년 8월 24일 제2005 1–2호
주소 ｜ 61489 광주광역시 동구 천변우로 487(학동) 2층
전화 ｜ 062-651-6968
팩스 ｜ 062-651-9690
전자우편 ｜ munhakdle@hanmail.net
블로그 ｜ blog.naver.com/munhakdlesimmian

ⓒ 이근택 2019
ISBN 979-11-86530-71-9 03810

• 잘못된 책은 바꿔드립니다.
• 이 책 내용의 전부 또는 일부를 재사용하려면
  반드시 저작권자와 문학들의 동의를 받아야 합니다.
• 책값은 뒤표지에 표시되어 있습니다.